Paul Maar

Klabautermann an Bord

Bilder von
Franziska Harvey

Verlag Friedrich Oetinger · Hamburg

Einband- und Reihengestaltung: Manfred Limmroth und Ralph Bittner
Titelbild und farbige Illustrationen: Franziska Harvey
Reproduktion: Domino Medienservice GmbH, Lübeck
Druck und Bindung: Mohn media · Mohndruck GmbH, Gütersloh
Printed in Germany 2007
ISBN 978-3-7891-0641-5

www.oetinger.de

1. Kapitel

Martin löffelte seine Suppe und versuchte, dabei nicht sein Hemd vollzukleckern. Das ist normalerweise kein Problem für einen achtjährigen Jungen. Aber jetzt stand die Suppe mal am linken Tellerrand höher, kurz darauf am rechten. Martin saß nämlich mit seiner Schwester Miriam und seinen Eltern im Speisesaal eines Kreuzfahrt-Schiffs. Das Schiff schwankte ein bisschen und mit ihm die Suppe im Teller.

„Wo sitzt eigentlich der Kapitän?“, fragte Miriam.
„Na, dort sitzt er!“, sagte Martin und deutete mit der Löffelspitze auf einen Tisch, an dem der Kapitän in seiner Uniform saß.
„Martin!“, sagte seine Mutter entsetzt. „Man deutet nicht mit dem Löffel auf andere Menschen.“
„Stimmt! Dazu nimmt man die Gabel“, sagte Miriam und lachte. „Und wer ist der kleine Mann, der neben dem Kapitän auf dem freien Stuhl kniet?“

Der Vater, der mit dem Rücken zum Kapitän saß, drehte sich um. „Was für ein kleiner Mann?“, fragte er. „Da steht nur ein leerer Stuhl.“

„Papa, siehst du denn nicht dieses komische Männchen mit dem Bart?“, fragte Martin.
„Es könnte hier drinnen ruhig seine Mütze absetzen“, sagte Miriam.
„Wollt ihr uns veralbern?“, fragte die Mutter. „Da sitzt niemand.“
Miriam und Martin starrten ihre Mutter an.
„Aber guck doch!“, rief Miriam. „Das ist ja wirklich unverschämt!“

„Das kann er doch nicht machen!“, sagte Martin und stand sogar von seinem Platz auf.
„Der kleine Mann nimmt sich einfach das Essen vom Teller des Kapitäns“, rief Miriam und stand auch auf.
„Und das mit den Fingern! Der Kapitän merkt das nicht einmal!“ Martin schüttelte fassungslos den Kopf.

„Jetzt setzt euch bitte wieder hin!“, befahl der Vater. „Was soll das!“
„Aber Papa, guck doch!“ Miriam und Martin waren ganz verzweifelt.

Die Mutter sagte: „Macht bitte, was Papa sagt. Setzt euch hin. Da ist kein Männchen!“ Nun hielt es Martin nicht mehr länger am Tisch. „Kein Männchen? Und wer ist das?“, rief er, deutete auf den Stuhl neben dem Kapitän und machte ein paar Schritte darauf zu.
Das kleine Männchen sah ihn erschrocken an, hüpfte vom Stuhl, rannte auf Martin zu und flüsterte: „Leise! Verrat mich nicht!“
„Wer bist du?“, fragte Martin. Irgendwie kam es ihm normal vor, dass er den Kleinen mit „du“ ansprach.

„Komm mit, ich erklär's dir", sagte das Männchen und ging zur Tür.
„Na, seht ihr: Wir haben nicht gelogen!", sagte Miriam zu den Eltern. Sie deutete auf das Männchen, das ihr gerade bis zur Hüfte reichte.
„Ankerrasseln und Wellendonner noch mal!", schimpfte das Männchen. „Dieses Mädchen kann mich ja auch sehen! Ist die etwa auch am 22. Februar geboren?"

„Klar, wir sind Zwillinge", sagte Martin. „Aber woher weißt du, dass wir am 22. Februar Geburtstag haben?"

„So ein Pech, so ein Pech, so ein Pech!“, schimpfte das Männchen. „Es gibt 365 Tage im Jahr. Das sind 365 Möglichkeiten für Geburtstage. Und ihr müsst ausgerechnet am 22. Februar geboren sein. Hätte eure Mutter nicht einen Tag länger warten können damit? Dann hätte ich in Ruhe zu Ende essen können.“
„Was soll das? Führt ihr beiden neuerdings Selbstgespräche?“, fragte die Mutter.
Martin und Miriam schauten von ihrer Mutter zum kleinen Mann und wieder zurück. Auch der Vater blickte seine Kinder verwirrt an.
„Lasst die Alten. Die können mich sowieso nicht sehen“, knurrte der kleine Mann. „Nur wer am 22. Februar geboren ist, kann einen Klabautermann sehen. Kommt mit, ich erkläre euch alles draußen an Deck. Sonst gibt es noch einen Aufstand. Es sind viel zu viele Leute hier drin.“

„Nur wir können dich sehen?“, fragte Martin flüsternd.
„Und du bist wirklich ein Klabautermann?“, fragte Miriam.
„Na ja, na ja, na ja. Noch nicht ganz“, antwortete das Männchen kleinlaut. „Den ersten Teil meiner Prüfung habe ich ja halbwegs hingekriegt. Ich hätte viel besser abschneiden können. Aber ihr musstet ja dazwischenkommen mit eurem doofen ‚Guck mal, wer da ist!‘ und so. Und jetzt lasst uns endlich an Deck gehen!“
„Wir müssen nur noch aufessen“, flüsterte Miriam ihm zu. „Dann kommen wir raus zu dir.“
Die beiden setzten sich wieder auf ihren Platz, als sei nichts gewesen. Die Eltern schüttelten fassungslos den Kopf. Sie waren aber gleich abgelenkt, denn es wurde gerade der nächste Essensgang aufgetragen.

Nach dem Essen sagten Miriam und Martin, dass sie noch an Deck ein bisschen frische Luft schöpfen wollten.
„Mir ist ein bisschen übel", log Martin. „Ich bin ein kleines bisschen seekrank."
„Soll ich mit dir nach draußen gehen?", fragte die Mutter besorgt.
„Nein, nein. Ist nicht nötig", sagte Miriam schnell.
Und schon waren Miriam und Martin aufgesprungen und aus dem Saal gerannt, hinaus auf das offene Deck.

2. Kapitel

Es war inzwischen dunkel geworden. Nur ein schmaler, heller Schein über dem Horizont ließ erkennen, wo das Meer aufhörte und der Nachthimmel anfing. Das Schiff schwankte sanft. Ein leichter, warmer Wind wehte.

Miriam und Martin blickten sich nach allen Seiten um. Von dem kleinen Mann war nichts zu sehen. Das Oberdeck war völlig leer.

Ein weiß gekleideter Kellner trat aus einer Seitentür. Mit beiden Händen hielt er ein großes Tablett, auf dem sich Teller, Schüsseln, eine Flasche, Gläser und Platten türmten.

„Vorsicht!“, rief Miriam.
Martin rief gleichzeitig: „Achtung!
Stehen bleiben!“
Der Kellner blieb stehen und schaute verdutzt zu den beiden Kindern.
„Was ist? Was soll das?“, fragte er.
„Der wollte Sie stolpern lassen!“, rief Martin.
„Das ist wirklich unfair!“, sagte Miriam.
„Was ist unfair?“, fragte der Kellner.
„Na, der Klabauter... Ach so, Sie können ihn ja nicht sehen“, sagte Miriam.
Das Klabautermännchen war nämlich hinter einer Ecke hervorgekommen und hatte sein Bein ausgestreckt.

Es hätte den Kellner glatt stolpern lassen und zu Fall gebracht, wenn die Zwillinge ihn nicht gewarnt hätten. Mit verärgertem Gesichtsausdruck zog der kleine Mann sein Bein zurück. Er verkroch sich hinter einen zusammengeklappten, senkrecht aufgestellten Liegestuhl.

„Jetzt können Sie weitergehen“, sagte Martin zum Kellner.

„Keine Gefahr mehr!“, fügte Miriam hinzu.

Der Kellner blickte sie kopfschüttelnd an. „Lasst bitte in Zukunft diese dummen Scherze“, sagte er. „Wegen euch hätte ich beinahe das Tablett fallen lassen!“

Damit ging er weiter.

„Es ist genau umgekehrt!“, rief Miriam. „Wegen uns haben Sie das Tablett eben nicht fallen lassen!“
Martin hatte inzwischen den Liegestuhl beiseitegerückt, hinter dem sich das kleine Männchen verborgen hatte.
„Warum machst du so was Gemeines?“, fragte er.

Miriam fragte: „Wolltest du den Kellner wirklich stolpern und hinfallen lassen?“
„Der Kellner sollte nicht hinfallen. Nur das Tablett mit all dem klapperig-klirrigen Geschirr“, sagte der kleine Mann.

„Und warum sollte das Geschirr runterfallen?“, fragte Martin.
„Na, wegen dem Lärm“, sagte das Männchen. „Das hätte bestimmt einen oberüberguten lärmigen Lärm gemacht: Päng, bumm, klirr! Der Kellner hätte sich schrecklich erschrocken.“

„Ja, das hätte er“, sagte Martin lachend.
„Da lacht Martin! Typisch!“, sagte Miriam.
„Als er klein war, hat er immer Töpfe auf den Boden knallen lassen. Der Krach hat ihn so gefreut.“

„Genau! Kinder dürfen so was machen!", sagte das kleine Männchen.
Die Zwillinge blickten das Männchen verblüfft an. „Willst du damit sagen, dass du noch ein Kind bist?", fragte Miriam.
„Du hast doch einen Bart!", sagte Martin.
„Wie alt bist du eigentlich?"
„Erst sechsundachtzig", sagte das Männchen. „Also fast noch ein Kind."

„Ich glaube, du tickst nicht ganz richtig", stellte Martin fest. „Oder meinst du sechsundachtzig Monate?"

„Jahre! Natürlich sechsundachtzig Jahre“, antwortete das Männchen. „Da sind Klabautermänner fast noch Kinder. Unser Klabauterobermann zum Beispiel ist letzte Woche 264 Jahre alt geworden. Der hat noch die Segelschiffe erlebt. Er schwärmt immer von den guten alten Zeiten, als die Schiffe noch aus Holz waren. Trotzdem gilt er unter den Klabautermännern als Jüngling. Die Ältesten unter uns erzählen immer, wie sie mit Alexander dem Großen übers Mittelmeer gefahren sind. Ein ganz Alter ist sogar schon auf Noahs Arche mitgeschippert.“

„Noah? Der hat doch von jeder Tierart ein Paar mit ins Schiff genommen. Es muss ziemlich eng gewesen sein da drinnen. Ist dein Klabautermann nicht zertrampelt worden von den Elefanten?“
„Die beiden Elefanten waren nicht das Problem. Schlimmer waren die zwei Flöhe!“

„Und du ‚schipperst‘ also hier mit uns und versuchst Kellner zu Fall zu bringen“, stellte Miriam fest. „Macht dir das denn Spaß?“
„Spaß?“, wiederholte der kleine Klabautermann. „So kann man das nicht nennen.

Es wäre der zweite Teil meiner Prüfung gewesen. Aber auf diesem Riesenschiff klappt ja gar nichts. Es ist zum Bartausrupfen und Ankerbiegen, zum Plankenbrechen und Segelzerreißen!“

„Hör auf zu schimpfen und erklär uns lieber, von was für einer Prüfung du sprichst!“, sagte Miriam.
„Segel kannst du hier sowieso nicht zerreißen. Hier gibt’s nämlich keine“, sagte Martin.
„Das ist ja die Gemeinheit! So ein

Riesenschiff und nicht das kleinste Segelchen! Nichts ist so, wie man's gelernt hat!", beschwerte sich das Männchen. „Früher war alles besser …"
„Du wolltest was von einer Prüfung erzählen", unterbrach Miriam den Kleinen.
„Na ja, euch muss ich es wohl sagen. Ihr könnt mich ja auch als Einzige hier an Bord sehen", sagte der kleine Mann. Er winkte die beiden ganz nahe zu sich heran. Dann blickte er sich vorsichtig um und flüsterte: „Ich bin gar kein richtiger Klabautermann!"
„Was denn dann?", fragte Miriam laut.
„Pssst!", machte das Männchen. „Ich bin …" Es druckste herum. „Ich bin Klabauterlehrling. Erst wenn ich meine Klabauterprüfung bestanden habe, darf ich mich Klabautermann nennen."
„Ist die schwer, so eine Klabauterprüfung?", wollte Martin wissen.

„Sie besteht aus drei Teilen“, sagte der Klabauterlehrling. „Den ersten Teil habe ich schon einigermaßen bestanden. Ein Klabautermann muss vom Tisch des Kapitäns essen. Er muss außerdem die Schiffsladung zurechtrücken, und er muss durch Herumklabautern die Passagiere erschrecken.“

„Was ist denn ‚herumklabautern‘?“, fragte Martin.

„Na, Lärm machen. Zum Beispiel, indem man ein Tablett voller Porzellan aufs Deck donner-klirr-klappern lässt und ihr euch erschreckt.“

„Es gibt noch viele andere Möglichkeiten, hier auf dem Schiff Lärm zu machen und Leute zu erschrecken“, sagte Martin.
„Das hab ich doch alles schon versucht“, erzählte der Klabauterlehrling. „Aber nichts klappt auf diesem dämlich-doofen Dampfer!

Erst hab ich mich in die Schiffsküche geschlichen. War gar nicht einfach. Ihr glaubt nicht, was dort für ein Gedränge herrscht. An die hundert Leute sind da herumgewuselt. Früher war alles besser.

Da gab es nur den Smutje, das war der Schiffskoch, und den Schiffsjungen. Die konnte man leicht erschrecken. Jetzt musste ich aufpassen, dass man mich nicht über den Haufen rennt. Ich hab es trotzdem geschafft, einen Stapel frisch gespülter Töpfe auf den Boden knallen zu lassen …“

„Und dann?“, fragte Martin.
„Niemand hat sich erschrocken. Ein Kochlehrling ist ausgeschimpft worden. Das war alles!“, beschwerte sich der Klabauterlehrling. „Früher war wirklich alles …“

Er hörte auf zu sprechen, denn in diesem Augenblick kam der Vater der Zwillinge aus einer Seitentür aufs Deck.
„Hier seid ihr!“, sagte er, als er die Kinder entdeckte. „Geht es Martin schon besser?“
„Mir geht es gut“, antwortete Martin. Er flüsterte dem Klabauterlehrling schnell zu: „Wir treffen uns morgen hier zur gleichen Zeit an derselben Stelle, ja?“
„Kann nicht schaden“, flüsterte der Klabauterlehrling und verschwand irgendwo im Schatten.

3. Kapitel

Am nächsten Morgen legte sich die ganze Familie in vier der Liegestühle auf dem unteren, offenen Deck. Eine Weile lagen alle still da und genossen mit geschlossenen Augen die Sonnenstrahlen. Schließlich drehte sich Miriam ihrem Vater zu, stupste ihn sanft an und fragte: „Papa, was weißt du über Klabautermänner?“

„Klabautermänner?“, fragte der Vater erstaunt. „Wie kommst du auf Klabautermänner?“

„Das interessiert mich eben“, antwortete Miriam.

„Mich auch“, sagte Martin.

„Hm“, überlegte der Vater. „Soviel ich weiß, sind das irgendwelche Fantasiegestalten. Kobolde, die auf Schiffen mitfahren und so …“
„Mehr weißt du nicht?“, fragte Miriam.
„Und das interessiert dich auch nicht?“, fragte Martin.
„Doch. Im Grunde schon“, gab der Vater zu. „Jetzt, wo wir auf einem Schiff sind. Obwohl Klabautermänner Sagengestalten sind. Es gibt sie nicht wirklich.“
„Bist du ganz sicher, dass es sie nicht gibt?“, fragte Miriam.
„Was weiß man eigentlich von ihnen?“, fragte Martin.
„Wir können ja mal in der Bordbibliothek nachschauen. Da finden wir bestimmt ein Lexikon“, schlug der Vater vor und stand auf. „Ich krieg sowieso schon einen Sonnenbrand.“

Es gab tatsächlich ein dickes Lexikon in der Schiffsbibliothek. Der Vater blätterte eifrig, die Zwillinge standen rechts und links von ihm und schauten aufmerksam zu.

„Kirchenschiff … Kirmes … Kiste …“, las er vor. „Muss weiter hinten sein! Klebstoff … Klima …“

„Schon zu weit!“, sagte Miriam.

Ihr Vater blätterte eine Seite zurück. „Da haben wir es“, sagte er dann. „Hört zu: Klabautermann. Klabauter ist abgeleitet von dem niederdeutschen Wort klabastern mit der Bedeutung ‚polternd umherziehen‘. Der Klabautermann, auch Klabatermann

genannt, ist ein guter Schiffsgeist oder Kobold, welcher das Haus des Seemanns, das Schiff, bewohnt. Er warnt die Seeleute vor Gefahren. Gewöhnlich ist der Klabautermann unsichtbar. Nur wer am 22. Februar geboren ist, kann das Glück haben, ihn zu erblicken.“ Der Vater blickte auf und sagte: „22. Februar? Das ist ja euer Geburtstag! So ein Zufall!“
„Ja, deswegen können wir ihn ja auch …“, fing Martin an. Beinahe hätte er sich verplappert. Miriam machte leise „Psssst!“ und stieß ihn schnell in die Seite.
Der Vater blickte wieder ins Buch. „Wie man sich erzählt, ist er ein kleiner Mann, pausbäckig und von kräftiger Gestalt …“

„Stimmt genau“, sagte Miriam leise zu Martin.
Ihr Vater las weiter vor: „Gern sucht der Klabautermann einen Platz am Speisetisch des Kapitäns …“
„… und isst von dessen Teller“, ergänzte Miriam und lachte.
„Steht auch etwas von einer Klabauterprüfung drin?“, fragte Martin.
„Was soll das denn sein?“, fragte der Vater und lachte. „Merkwürdige Vorstellung! Ein Klabautermann, der eine Prüfung ablegen muss. Mit zwei Fünfen im Zeugnis bleibt er sitzen und muss die Klasse wiederholen. Witzig!“

4. Kapitel

Die beiden Kinder konnten es an diesem Tag kaum erwarten, dass es dunkel wurde. Sofort nach dem gemeinsamen Abendessen sagte Miriam zu den Eltern: „Martin und ich gehen noch ein klein wenig an Deck, ja?“
Und schon waren die beiden aus dem Speisesaal verschwunden.
Draußen wartete der Klabauterlehrling bereits auf sie. Er saß auf einem der fest verankerten Tische und hatte die Füße auf die Tischplatte gestellt.
Er zog an einer Pfeife und blickte missmutig vor sich hin.
„Da seid ihr ja endlich“, sagte er und stieß den Pfeifenrauch aus.
„Guten Abend erst mal“, sagte Miriam.
„Ich weiß nicht, was an diesem Abend gut sein soll“, brummte der kleine Mann.

„Ich habe nichts geschafft. Nichts, nichts, nichts! Heute wollte ich im Laderaum aufräumen.“
„Die dritte Prüfungs-Aufgabe!“, sagte Martin sachkundig. „Ladung zurechtrücken.“
„Ja! Aber da gibt es nichts zurechtzurücken. Alles bestens gestapelt in Containern und Riesenkisten. Das mit dem Zurechtrücken stammt noch aus der Zeit der Segelschiffe. Die Prüfungsordnung ist total veraltet. Damals flog bei jedem Sturm noch die ganze Ladung durcheinander. Aber heutzutage? Alles bestens aufgeräumt auf

diesem dumm-doofen Dampfer! Früher …"
„… war alles besser", ergänzte Miriam und lachte.
„Wenn das Aufräumen nicht klappt, können wir ja mit dem Klabautern anfangen und Lärm machen", schlug Martin vor.
„Ihr wollt mir helfen?", fragte der kleine Mann. „Das finde ich oberklabasterig bestens!" Er klopfte seine Pfeife aus und sprang vom Tisch. „Wie heißt ihr eigentlich?", fragte er dann.
„Das hier ist mein jüngerer Bruder Martin", sagte Miriam und zeigte auf ihren Bruder. „Ich bin nämlich zehn Minuten älter."
„Und das hier ist meine eingebildete große Schwester Miriam", sagte Martin.

„Und du?“, fragte Miriam den kleinen Mann. „Hast du auch einen Namen, oder sollen wir ‚Herr Klabauterlehrling‘ zu dir sagen?“
„Natürlich habe ich einen Namen. Ich bin Pi Di“, antwortete er.
„Wie? Pi Di?“, fragte Miriam. „Und wie heißt du mit Nachnamen?“
„Hab ich doch gesagt: Di“, antwortete der kleine Mann.
„Also Pi Di Di“, sagte Martin.
„Nein, nein, nein!“ Der Klabauterlehrling wurde ganz ärgerlich. „Pi ist mein Vorname und Di der Nachname. Klabauter haben immer nur einsilbige Namen, das weiß doch jeder. Unser oberster Klabautermann, also ich meine den Oberklabautermann oder Klabauterobermann, der hat allerdings Pech mit seinem Vornamen, großes Pech. Kann man nichts machen. Jetzt heißt er eben so komisch“, sagte Pi Di.

„Wie heißt er denn?“, fragte Martin.
Pi Di beugte sich zu den beiden und flüsterte: „Er heißt Pu!“
„Was soll daran komisch sein?“, fragte Miriam.
Pi Di kicherte in sich hinein. „Ihr kennt ja seinen Nachnamen nicht! Der ist nämlich ‚Ding‘. Und wenn er, wenn er …“ Pi Di kicherte jetzt so sehr, dass er dreimal ansetzen musste, um seinen Satz zu Ende zu bringen. „Wenn er sich vorstellt und sagt: ‚Mein Name ist Pu Ding‘, dann klingt das, als würde er sagen: ‚Mein Name ist Pudding.‘ Pudding, hähähä, Pudding!“
Er musste sich den Bauch halten vor Lachen.

Miriam fragte: „Wo kommst du eigentlich her?“

„Woher ich komme? Hab ich doch gerade erzählt!“, sagte Pi Di. „Direkt aus dem Laderaum.“

„Nein. Miriam meint doch, wo die Klabautermänner überhaupt herkommen“, sagte Martin. „Soviel ich weiß, gibt es nur Klabautermänner, keine Klabauterfrauen.“

„Stimmt!“, bestätigte Pi Di.

Miriam fragte: „Wo kommt ihr also her?“

„Klabauter wachsen in Riesenmuscheln im Großen Ozean“, erzählte Pi Di. „Ihr müsst

euch die Muscheln ungefähr so groß vorstellen wie ein Auto …"
„Wie einen Audi A8?", fragte Martin, der sich bei Autos gut auskannte.
„Eher wie einen Fiat Panda, nur sehr viel kleiner", antwortete Pi Di.
Erstaunlicherweise verstand er auch etwas von Autos. „Die Klabauter wachsen also in diesen riesigen Muscheln. Wenn die Klabauter ein gewisses Alter haben, öffnet sich die Muschelschale. Und dann schwimmt der frisch ausgeschlüpfte Klabauter an die Wasseroberfläche."
„Wie kann er denn atmen unter Wasser?", fragte Miriam.

Pi Di lächelte. „Tja, das ist schon sehr ideal eingerichtet bei den Klabautern. Wir haben Kiemen hinter den Ohren. Hier, guckt mal!" Pi Di beugte sich nach vorne und zeigte auf eine Klappe hinter dem rechten Ohr. „Damit atmen wir unter Wasser. Und an Land nehmen wir die Nase. Das ist bequemer."
„Und wie geht es dann weiter, wenn ihr an der Wasseroberfläche rumplätschert?", fragte Martin. „Du kannst doch nicht über den halben Ozean schwimmen. Wie kommst du an Land und von da auf unser Schiff?"
„Ganz einfach", sagte Pi Di. „Wir suchen uns ein Fisch-Taxi. Meist einen Delfin. Schneller geht's ja mit einem Wal. Aber den findet man nicht so einfach. Ich hatte Glück und bin auf einen Pottwal gestiegen. Es hat kaum drei Tage gedauert, dann war ich schon in der Nordsee."

„Aber Wale gibt's doch gar nicht in der Nordsee!", sagte Miriam. „Flunkerst du uns vielleicht schon die ganze Zeit an, mit dieser Muschel und dem Wal-Taxi?"
„Kann sein, kann aber auch nicht sein", sagte Pi Di und grinste über sein ganzes breites Gesicht. „Ich könnte ja von meinem Wal auf einen Delfin umgestiegen sein. Und vom Delfin auf einen Thunfisch und von da auf einen Aal."

„Ein Aal ist doch viel zu klein. Der kann dich gar nicht tragen“, sagte Miriam.
„Woher willst du das wissen?“, fragte Pi Di. „Bist du vielleicht schon mal auf einem Aal geritten?“

„Jetzt fangt doch nicht an zu streiten!“, rief Martin. „Lasst uns lieber überlegen, wie Pi Di durch Lärm und Krach die Passagiere erschrecken kann.“
„Na gut“, sagte Pi Di. „Habt ihr schon eine Idee?“
„Nein“, sagte Martin.
„Ich habe auch keine“, sagte Miriam.
Pi Di grinste. „Aber ich!“
„Du?“, fragte Martin.
Pi Di winkte ihn zu einer Wand gegenüber der Reling. „Guckt euch mal den Stapel der

Liegestühle an. Mindestens fünf stehen da senkrecht übereinander. Was glaubt ihr, was das für einen Krach machen würde, wenn die alle auf den Holzboden knallen!"
„Das tun sie aber nicht, weil sie festgeschnallt sind", sagte Martin.
„Du meinst, weil sie festgeschnallt waren", sagte Pi Di und grinste noch breiter. „Ich hab die Schnallen klabautermäßig gut abgeschnallt."
„Und jetzt?", fragte Miriam.
„Jetzt muss ich bis morgen warten. Wenn die ersten Passagiere kommen, um sich in die Sonne zu legen, gebe ich dem Stapel einen kräftigen Schubs und …"

Weiter kam Pi Di nicht, denn eine Männerstimme sagte plötzlich hinter ihnen: „Wo bleibt ihr denn nur?“
Und eine Frauenstimme sagte: „Es ist doch schon dunkel!“
Es waren die Eltern, die Martin und Miriam gesucht und hier gefunden hatten.
Pi Di war durch das plötzliche Auftauchen der beiden Erwachsenen genauso erschrocken wie Miriam und Martin. Er vergaß ganz, dass ihn die Eltern ja gar nicht sehen konnten. Schnell versuchte er sich hinter dem Stapel der Liegestühle zu verstecken. Der Stapel kam ins Rutschen, und fünf Liegestühle knallten mit einem ohrenbetäubenden Lärm zu Boden.

Die Eltern schrien erschrocken auf.
„Was um Himmels willen war das denn?“, fragte Vater.
„Die Liegestühle sind umgefallen“, erklärte Martin ihnen. „Kann ja mal vorkommen.“
„Ich habe fast einen Herzschlag gekriegt vor Schreck“, sagte Mutter.
Vater sagte: „Lasst uns gehen, bevor hier noch mehr umfällt!“
„Hast du dich auch erschrocken, Papa?“, fragte Miriam.
„Und wie!“, sagte er. „Jetzt kommt aber mit!“

Martin konnte Pi Di gerade noch zuflüstern: „Teil zwei der Prüfung ist bestanden. Zwei erwachsene Passagiere durch Lärm in Angst und Schrecken versetzt!“
„Stimmt! Aber es fehlt ja noch der schwierigste Teil“, flüsterte Pi Di zurück. „Aufräumen und Zurechtrücken der Schiffsladung. Das schafft nicht mal der oberbeste Klabautermann hier auf diesem dumm-doofen Dampfer.“
„Martin, worauf wartest du noch?“, rief seine Mutter.
„Ich komm ja schon“, rief Martin und folgte seiner Schwester und den Eltern unter Deck.

5. Kapitel

Am nächsten Nachmittag gab es Streit zwischen den Eltern und den Kindern. Der Vater fand nämlich, dass die Zwillinge endlich mal ihre Kabine aufräumen sollten.
„Das ist vielleicht eine Unordnung hier bei euch!“, schimpfte er. „Die Bücher gehören dort auf das Brett, die Kleider in den Schrank!“
„Die Schuhe haben auf dem Bett absolut nichts zu suchen!“, sagte die Mutter. „Und wieso liegen die Socken unter dem Bett?“
„Das sind keine Socken, sondern Kniestrümpfe“, sagte Martin.
„Gib keine dummen Antworten“, sagte der Vater. „In einer Stunde schaue ich mir eure Kabine an. Seht zu, dass dann alles aufgeräumt ist!“

Damit ging er hinaus. Mutter sagte noch: „Macht, was euch Papa gesagt hat! Ihr wisst, dass er sonst ärgerlich wird!"
Damit verließ auch sie die Kabine.
„Dann werden wir wohl aufräumen müssen", sagte Miriam schlecht gelaunt.
Martin ging zur Tür.
„Bleib hier!", rief Miriam. „Willst du mich ganz allein aufräumen lassen? In einer Stunde soll alles in Ordnung sein. Hast du ja gehört."
„Nein, ich will dich nicht allein aufräumen lassen. Im Gegenteil!", antwortete Martin. Er witschte schnell aus der Tür und rannte die Treppe hinauf zum offenen Deck.
Dort saßen etliche Passagiere wie üblich in ihren Liegestühlen. Martin blickte sich nach allen Seiten um.
„Pi Di!", rief er halblaut. „Pi Di, wo bist du? Pi Di, zeig dich doch!"

Eine wohlbekannte Stimme sagte: „Ich mag es nicht, wenn man am helllichten Tag zwischen so vielen Menschen meinen Namen ruft!“ Die Stimme kam von oben. Martin blickte sich nach allen Seiten um. Da entdeckte er Pi Di: Er saß auf einem der Rettungsboote, das an einem kleinen Kran über der Bordwand aufgehängt war.

„Wieso sitzt du im Rettungsboot?“, fragte Martin.
„Vorhin hätte mich ein Kellner beinahe umgerannt“, sagte Pi Di. „Hier oben bin ich niemandem im Weg!“
„Komm schnell runter, Pi Di!“, sagte Martin. „Ich habe einen interessanten Vorschlag für dich.“
„Dein Vorschlag ist bestimmt ein Fehlschlag“, sagte Pi Di und blieb oben sitzen.
„Du hast wohl gar keine Lust, deine dritte Aufgabe zu erfüllen?“, fragte Martin.
„Und ob ich Lust habe!“, rief Pi Di und sprang hinunter auf die Deckplanken. „Aber wie?“

„Alles, was aufs Schiff geladen wurde, ist doch eine Schiffsladung. Oder?“, fragte Martin.
„Ja, so könnte man sagen“, bestätigte Pi Di.
„Und du sollst eine Schiffsladung zurechtrücken und aufräumen. Ich hätte eine herrliche dritte Aufgabe für dich. Da sind nämlich ein paar Bücher, Koffer, Socken, Kniestrümpfe und Kleider aufzuräumen und zwei Koffer zurechtzurücken. Du musst nur unauffällig mit mir kommen!“

„Wasserwirbel und Wellendonner! Das ist oberklabautermäßig gut ausgedacht“, rief Pi Di und eilte hinter Martin her in die Kabine der Zwillinge.

6. Kapitel

Eine Viertelstunde später kam der Vater in die Kabine seiner Kinder. Er wollte nachsehen, ob sie schon mit dem Aufräumen begonnen hatten. Aber sofort rief er seine Frau dazu.

„Komm mal bitte und sieh dir das an!“, sagte er. „Hättest du gedacht, dass die Zwillinge so schnell aufräumen können?“ Und zu den Zwillingen sagte er: „Das hätte ich euch nicht zugetraut. Das ist ja unglaublich. Sogar die Wäsche im Schrank ist nach Größe und Farbe geordnet. Unfassbar. Und dies in so kurzer Zeit! Ganz großes Lob!“

„Danke“, sagte Miriam und schaute

unauffällig zu Pi Di hin, der es sich im offenen Schrank bequem gemacht hatte. „Danke", sagte auch Martin.

„Ich habe zu danken", sagte Pi Di, als die Eltern die Kabine verlassen hatten. „Ich hätte nie gedacht, dass ich hier auf diesem dumm-doofen Dampfer auch die dritte Prüfungsaufgabe schaffe. Ich dachte schon, ich muss im nächsten Hafen von Bord gehen und auf einem winzigen Fischerboot von vorne anfangen. Ab jetzt darf ich mich Klabautermann nennen und hierbleiben. Zu dritt haben wir es geschafft. Was kann ich euch nur schenken? Ich weiß es: ein Lied!

Das singen Klabauterlehrlinge, wenn sie sich endlich Klabautermann nennen dürfen."
Nach dem Abendessen gingen Martin, Miriam und die Eltern wie am Vortag noch ein wenig an Deck spazieren.
Miriam fragte: „Dürfen wir euch ein Lied vorsingen?"
„Ein Lied?", fragte ihre Mutter erstaunt. „Ich wusste gar nicht, dass ihr gerne singt. Natürlich dürft ihr das. Was ist es denn für ein Lied?"
„Ein Klabautermann-Lied", sagte Martin.
„Na, da bin ich gespannt!", sagte der Vater.
Und gemeinsam sangen die Zwillinge das Klabautermann-Lied:

Sieht man den Klabautermann?
Nein, den sieht man nicht.
Weil man ihn nicht sehen kann,
auch nicht bei hellem Licht.

Hört man den Klabautermann?
Nein? Dann gebt mal acht!
Weil man ihn gut hören kann,
besonders in der Nacht.

Riecht man den Klabautermann?
Ja, man riecht ihn auch.
Pfeife raucht er gern, und dann
riecht man seinen Rauch.

Hilft uns der Klabautermann?
Ja. Das ist wohl wahr!
Weil er nämlich warnen kann
vor Sturm und vor Gefahr.

Singt er, der Klabautermann?
Ja, auf seine Weise!
Wir singen wie der kleine Mann,
wir singen jetzt ganz leise:

He, ho, Klabauter,
he, ho, Klabauter,
he, ho, Klabautermann,
Klaba-, Klabautermann!

„Merkwürdig", sagte der Vater, als die Zwillinge ihr Lied beendet hatten. „Die ganze Zeit kam es mir so vor, als hätte noch ein Dritter mitgesungen."
„Hast du es auch gehört?", fragte die Mutter.

„Wir sind hier ganz allein an Deck. Trotzdem kam es mir auch so vor, als hätte ich eine dritte Stimme mitsingen hören.“

„Eine ziemlich tiefe Stimme“, sagte der Vater. „Merkwürdig!“

„Eine dritte Stimme? Ehrlich?“, fragte Martin.

„Eine klabautermäßig tiefe Stimme?“, fragte Miriam.

Die Zwillinge blickten sich an und mussten laut lachen.

Sonne, Mond und Sterne

Fürs erste Lesen gibt's nichts Schöneres!

- Lesealter ab 7/8
- Große Schrift
- Bekannte Autoren
- Viele farbige Illustrationen

ISBN 978-3-7891-0520-3

Jan-Arne und sein Meerschweinchen King-Kong sind ein gutes Team! (6 Bände)

ISBN 978-3-7891-0518-0

Wo die Olchis sind, geht es drunter und drüber! (10 Bände)

ISBN 978-3-7891-0628-6

Lena findet Mathe blöd – aber es gibt viele andere Dinge, die sie begeistern! (9 Bände)

ISBN 978-3-7891-0631-6

Wenn Hexe Winnie zu zaubern beginnt, gibt es manchmal Überraschungen. (4 Bände)

ISBN 978-3-7891-0607-1

Pippa hat ihren eigenen Kopf und lässt sich nichts gefallen! (5 Bände)

ISBN 978-3-7891-0530-2

Der Franz hat immer große Pläne. Aber ob die klappen? (17 Bände)

Mehr über die »Sonne, Mond und Sterne«-Kinderbücher und die Hörbücher unter: ***www.oetinger.de*** *und* ***www.oetinger-audio.de***

Oetinger